APPRENTIS LE

LA MARCHE DES FOURMIS

Norma Vantrease

Illustrations de Steve Cox

Texte français d'Ann Lamontagne

Éditions
■SCHOLASTIC

**Je dédie ce livre à Richard et à Ryan,
mes plus grands admirateurs.**
— N.V.

Pour mes enfants, Genevieve et Joe
— S.C.

Catalogage avant publication de Bibliothèque
et Archives Canada

Vantrease, Norma
La marche des fourmis / Norma Vantrease ;
illustrations de Steve Cox ;
texte français d'Ann Lamontagne.

(Apprentis lecteurs)
Traduction de: Ants in my pants.
Niveau d'intérêt selon l'âge: Pour les 3-6 ans.
ISBN 978-0-545-98742-4

I. Lamontagne, Ann II. Cox, Steve, 1961-
III. Titre. IV. Collection.

PZ23.V36Ma 2009   j813'.6   C2008-906713-4

Édition publiée par les Éditions Scholastic, 604, rue King Ouest, Toronto (Ontario) M5V 1E1.

5 4 3 2 1   Imprimé au Canada   09 10 11 12 13

Passant par
la fenêtre ouverte,
les fourmis entrent
d'un pas alerte.

Elles courent sur le tapis,
dans le couloir sans faire de bruit.

Elles se dirigent vers la cuisine,
à la recherche de confiture
et d'un peu de pain.

Puis vers ma chambre elles trottinent,
jettent un coup d'œil,
elles ont encore faim.

Elles forment un cercle,

il y en a vingt ou plus peut-être.

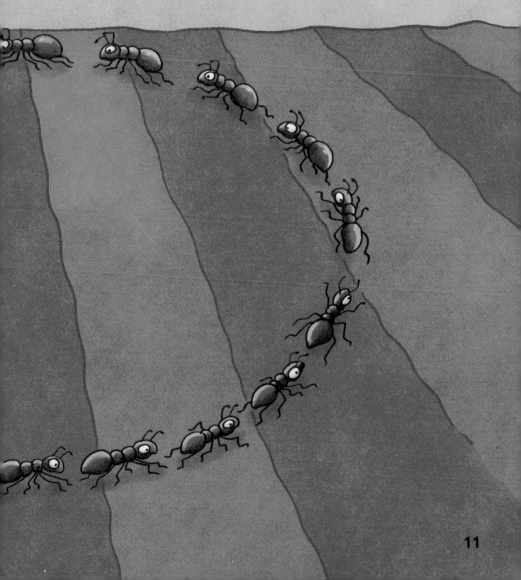

D'abord, elles parlent un peu,
puis partent à la queue leu leu.

Elles entrent dans mon placard
et trouvent mon pantalon favori.

Dessus, dessous,
dedans, dehors,
ça fourmille de fourmis.

Il y a des miettes
dans les poches,
et sur le genou,
de la compote.

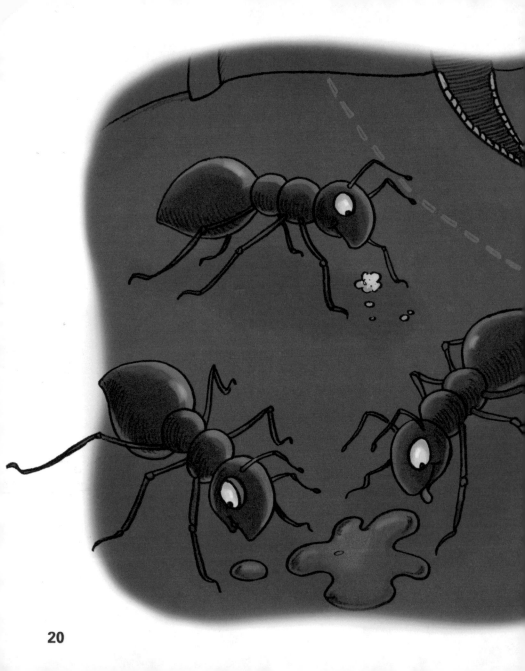

Elles mâchouillent,
elles mastiquent,
c'est trop bon,
elles s'empiffrent.

Enfin repues et fatiguées,
les voilà toutes endormies,
les pauvres fourmis.

Sur la pointe des pieds,
sans trop les regarder,

je me glisse dans l'armoire,
saisis mon pantalon dans le noir.

Je cours dehors,
et je le secoue, très, très fort.

Dehors les fourmis!
Vous avez envahi
mon pantalon favori!

LISTE DE MOTS

a	est	partent
à	et	pas
alerte	faim	passant
armoire	faire	pauvres
avez	fatiguées	peu
bon	favori	peut-être
bruit	fenêtre	pieds
ça	forment	placard
cercle	fort	plus
chambre	fourmille	poches
compote	fourmis	pointe
confiture	genou	puis
couloir	glisse	queue leu leu
coup	il	recherche
courent	je	regarder
cours	jettent	repues
cuisine	la	s'empiffrent
d'abord	le	saisis
dans	les	sans
de	ma	se
dedans	mâchouillent	secoue
dehors	mastiquent	sur
des	me	tapis
dessus	miettes	toutes
dessous	mon	très
dirigent	noir	trop
elles	œil	trottinent
empiffrent	ont	trouvent
en	ou	un
encore	ouverte	vers
endormies	pain	vingt
enfin	pantalon	voilà
entrent	par	vous
envahi	parlent	y